우리 처음 만나던 날

나답게 사는 시 012

우리 처음 만나던 날

지은이 | 정영기
펴낸이 | 一庚 張少任
펴낸곳 | 돌쉽 **답게**
초판 인쇄 | 2022년 3월 15일
초판 발행 | 2022년 3월 20일
등 록 | 1990년 2월 28일, 제 21-140호
주 소 | 04975 서울특별시 광진구 천호대로 698 진달래빌딩 502호
전 화 | (편집) 02)469-0464, 02)462-0464
         (영업) 02)463-0464, 02)498-0464
팩 스 | 02)498-0463
홈페이지 | www.dapgae.co.kr
e-mail | dapgae@gmail.com, dapgae@korea.com
ISBN 978-89-7574-348-1
ⓒ 2022, 정영기

나답게·우리답게·책답게

나답게 사는 시 **012**

우리 처음 만나던 날

정영기 시집

도서
출판 **답게**

정영기

경남 의령. 아호: 이춘里春. 창작수필과 문파문학 신인상 등단

시집 『답신』 외 저작 다수.
문협회원, 문학의 집 서울 회원, 소향음악회 회원
㈜제이아그로 농화학 연구실 근무.

2부 잘린 목련 가지는 비에 젖고

3부 봄 꽃은 꽃물에 지고

시는 공허한 곳에서

한동안 시달리던 초조감에서 풀려났나 했더니, 실은 내가 무뎌진 탓이었다. 시집을 꾸며보겠다며 큰 소리로 다져먹은 맘이 줄곧 실없는 허풍이 되어 해를 넘길 때는 초조하기도 했지만, 반년쯤이 더 지나갈 무렵에는 습관대로 핑계를 찾기 시작했다. 비장한 출사표에 박수치던 친구가 기어이 내뱉는 단교 같은 선언을 듣고서야 놀란 가슴에 불이 붙었다.

겨우 두 번째 시집이다. 늑장을 부리며 부끄럽기도 했지만, 스스로 질타도 많이 했다.

주변을 관찰 또는 관철觀徹함에 있어 잠재하는 시적 매체나 모티브에 대한 인식과 포착 능력도 내 게으름의 장벽에 차단돼 있는 것 같다. 스스로 비하나 자책을 금할 수 없다.

서둘러 이 구석 저 구석에서 찾아 모은 탓도 있지만, 개개 시편들이 언어나 함의에 있어 무슨 일관된 흐름 같은 것은 없다. 먼 곳에 있거나, 먼 세상으로 떠났거나 잘 닿을 수 없는 사람과 사물과의 직간접 행보를 가급적 은유하며 탐미코자 하였다. 그리움, 애착, 애석 같은 것이 주류로 보일지 모르겠다. 공허한 곳에 늘 시가 있다는 맘으로 주변을 보라며 독려해준 벗님께 심심한 감사를 드린다.

　　　　　　　　　　　　　　임인년 새해를 맞으며

1부 나답게 사는 시詩

3월의 첫 비

작은 창 앞에 왕성하던 목련 큰 덩치가
성급한 손에 잘려, 밑둥만 하릴없이 말뚝처럼 서서
그 한 해를 앓다가 홀로 아문 상처 위에
은빛 안개가 떠 다닌다

돌을 적신 물방울들이 고여 만든
물거울을 스쳐 사라지는 구름 조각들이
돌아보는 먼 여행길, 떠나온 곳을 떠올려
아득한 꽃빛으로 피었다가
문득 굵은 눈물로 방울진다

홀로 남은 밑둥에
상처 아물며 돋은 작은 가지 위에 꽃은 아득한데
아파서 깊어가는 기다림이어서
연둣빛 머금은 3월 첫 비가 내린다

가지를 잘라놓고

지난해 마지막 눈발 날리던 날
나무들 가지 끝이 곧 부풀어 오를
연둣빛으로 아른거릴 때

윗가지를 송두리째 다 잘려
기둥처럼 우뚝 선 목단풍 나무에
겁 모르는 직박구리 한 마리가 찾아와
몇 번 허공을 치고 날았다

잘려나간 가지 턱 상흔 위에
돋기 시작한 때늦은 사월의 싹눈들은
숨겨온 환지통幻肢痛을 앓고 있었지만
새는 무심한 듯 날개를 펴고 접고
한가로운 몸짓을 되풀이했다

땅에 떨어져 흩어진 잔가지들만
바람결을 거슬러 서로 엉켜 부딪히며
달라진 봄날을 이야기하고 있었다.

13

기다림

두 마리 직박새가
찌이익 찌익, 번갈아
길게도 울어대는
창밖 느티나무 숲을 보다가
쓴 걸 몇 줄 지워버리고
뜰로 나가 꽃을 둘러 보았다.

봉오리 열지 않았고
이슬만 맺혀 있었다.
몇 줄 지운 것이
참 잘한 일이었다.

단풍

우리의 이야기를 담아
푸른 속삭임으로 들려주고
새들의 날개를 빌어
이 가지 저 가지에 매듭지어
매단 언어로
다짐하던 기억은 새로운데,

혹여 잊으실까 넓은 잎을 흔들다가,
그래도 모르실까 붉은 속내를 보였어도
조바심은 오므라져
구르다 멈춘 자리
쥔 마음 바스러져가며
바람 깃에 서걱인다

나의 손

당신 앞에 나의 손을 내밀 때
구불구불한 플라타나스 이파리 하나
툭 떨어져 제 밑둥 곁가지에 걸려 떨며
뒤돌아 물러서지 못하네

당신이 다가 선 열린 창에
알지 못해도 그만인 실금들이
그만이어도 행복하여
모호한 미래가 두렵지 않았네

어느 날 잃은 조약돌은
물가에 굴러가 물그림자로 일렁이는데
가만히 놓자 맴돌다 떠내려간 꽃잎 하나는
흔적을 사르고 종적이 없네

햇빛 아래 손을 벌려 뒤짚어도 보며
기대앉은 바위 한 켠 이끼 자욱한 틈새에
엽맥葉脈 어지러이 얽혀 내닫는
나뭇잎 하나 실바람에 떨고 있네

떨리는 열쇠

해묵은 모래흙을 부수어
분갈이 새 흙을 만들고
이웃 주유소 담장 아래에서
까마중 씨를 따다
손바닥 땀에 불려 심을 때, 문득
청설모 나다니는 토담집 향수가
먼 산정을 넘어온다

구청 앞 찻집에서 얻어온
커피 찌꺼기를 섞어 주고
겨울 베란다의 조용한 햇살 아래
하마나 싹이 틀까 기다리는 창 너머
어제 내린 눈이
먼 여행에서나 묻은 것 같은
유럽산 향이 흐른다.

우습지도 않은 아침 치기에
현관 열쇠는 어느새 손땀에 젖어
열쇠 눈을 못 찾고, 더듬는지 울컥대는지
나서며 닫은 철문을 두드린다

비교

누군가의 실수겠지
이사 가고 남은 빈 집 강아지 집 지붕에 외
등이 켜져 있다

자꾸 눈길이 가는 것은
실수보다 몇 배나 많은 생각이 까닭이라 해
도 되겠지만
무슨 생각이건, 생각을 끊지 못해 헤매 듯
돌아다닌
빈 골목 밤길에 걸린 시간은
밤새워 꺼질 줄 모르는 외등에 견줄 수가 없다

외등에 비친 커다란 고목에
여태 붙어 있다, 하필 이른 때
툭 떨어지는 마른 후박이 발 앞에서 깨진다

자꾸 눈이 가는데도
생각은 뒤로 도는 늦은 밤길

상춘賞春

깊이 몰려 쌓인 낙엽들 위로
다시 그 틈새로 바람결 스며 흘러
무너지는 잔설을 재촉해 맺어지는 물방울들이
봄이 오는 길목을 적셔주고
땅은 암갈색으로 짙어지며 기운을 차린다

부질없는 생각이 고개를 들고
어디쯤에선 이미 꽃 깃을 접었을 것도 같은
복수초 꽃머리에는 함초롬 이슬도 맺혔을지
약속도 하지 않은 당신들은
낯빛을 붉히며 이웃 대문을 기웃거리겠지

낮은 돌층계조차 등을 지고 앉아
문득 바라보는 먼 산 숲에는
햇빛을 좇아 어느새 초록이 흐르는데
땅 밑 깊이 고인 신음 소리가
가까워 오는 물소리를 따라 흐른다

석별의 날에

그대 떠남이여
머뭇거리는 것들을 울리며
망설임을 탓하는가,
나를 앞질러 재촉하며
그대 고요한 눈물을 감출 때
흰 나목의 허리에 푸른빛 안은 잿빛 안개가
흐르네

시들어 마른 풀잎들 밑에는
먼저 떨어져 스며든 낙화의 잔해들이
스스로 분해하는 소멸의 노래가
새 물길을 타고 번져
마른 잎들 사이로 피어오른 안개는
가지들 마디마디에 약속의 이슬을 맺었네만

상실과 차가움의 모순을 찾아 나선
겨울의 찬 정원
떨림만 매단, 거두지 않은 거미줄이
소매 적신 이슬 방울 미풍에 털어낸 채
저무는 석양에 흔들리네

스키 타는 소년이여

고요한 산정을
침묵으로 오를 때
나는 알 수 없는 맘에 바라만 보고
나 또한 침묵하고 말았네

시소타기

마주앉아 가장 쉬운, 그러나
응용은 어려운 공중 물리학을 공부한다

무게 큰 아이가
꽃보다 더한 마음으로
울타리 너머 해맑은 수선화에 눈이 팔려
제 몸 무게를 모른다

마주 앉은 아이가 엉덩이를 매만지며 까르
륵 떨고
마주 보던 아이는 아래턱을 쓸며 찢긴 자국
을 두드린다

먼 훗날에도 이 공식은 맞을 터
꽃들 촘촘히 핀 배롱나무 가지는 철골 울타
리에 간들대고

쉽다는 일들 늘 어렵게 돌아가도
하늘에 둥둥 흰구름 먼 강물로 흐른다

2부 잘린 목련 가지는 비에 젖고

양수리에서

두 강물이 만나는 호수의 물결은
참을성 없는 눈물 같아라

나직이 숨죽여 우는 밤새 소리 들으며
가슴 스쳐 지나가는 바람결 따라
물은 이제 저렇게 한 줄기 되어 흐르는데
눈물 헤픈 눈썹 달은
숲을 헤쳐 부는 바람에 흔들려도
물결에 밀려서도, 떠나지 못하고
물그림자 깊은 고목 가지 끝에 걸린 채
눈물을 지운 눈가에
참을성 없이 또 눈물지으며
꿈에 젖은 물망초를 깨운다

두 강물 만나 하나로 흘러도
달빛은 헤아림 모르는 눈물,
헤아릴 수 없는 물결로 흐른다

어제

바로 어제
지키지 못한 약속을 믿고
잘 못 찾은 길에, 한참을
우두커니 서서 예감한 오늘이
틀리지 않아 슬프다

슬픔도 빛깔들의 조화 속에
천천히 달라지는 원근(遠近)을 해매다
제풀에 휘감기고 또 되풀리며
추위 떠는 버들가지 끝에
화신을 매달지!

너무 많은 기다림이
어제 울음을 만든 언덕에
먼 무지개 뜬다

엉겅퀴

언제 한번 나의 뒷모습을 볼 수 있을까
당신과 아니, 당신들과 함께 걸어가는 내 뒷
모습을
언제 한 번 눈여겨 볼 수 없을까?

손거울로 받아 비춘 다른 거울에 어른대는
내 뒷머리 모양도 서너 발 내딛으면 금세 무
너지고
물에 뜬 그림자는 잘해야 좌우 한 쪽일 뿐
실바람에 그나마도 흩어지고 말아
때론 나를 울리는 당신의 눈에서나 찾을까
본데
앞서 가는 당신은 고개를 넘고도 길이 그리
바쁜지
뒤돌아 볼 겨를도 없다 하고
제 길 걸으며 수런대는 사람들은
목에 차는 숨소리로 풀잎을 밀어붙이며

나를 앞질러간다

당신이 여러 번 뒤돌아보며 떠난 자리에
거친 가시로 스스로를 둘러친 엉겅퀴 한 그
루가
나의 등 뒤에서 하늘빛 꽃을 피우고 섰다

여정

물결은 숲을 지나
먼 강물로 파도쳐 흘러서,
알 수 없는 미래를 유의有意롭게 하는 것

그대가 나이고 싶었고,
출렁이는 뱃머리에 돛을 세운 그대가
진정 나이고 싶었고

던져 준 닻줄을 받아
호반 기슭에 잠시 묶었다 다시 푼 나는
진정 그대이고 싶어서

차가운 호수 위를 비상하는
아득한 겨울새를 바라보며
출렁이는 뱃전에 닻줄을 감아 올리고

흐름을 알 수 없는 저 강물로
산 그림자 깊은 위에 노櫓를 걸어 잡았네
호반에 치는 물결, 노의 끝에 맴도네

원추리

산빛 쫓아 내려온
아지랑이 휘젓고
미풍에나 고개 들더니

가지들 사이 별빛 내려도
알듯 말듯, 숨어서
꽃 머리만 흔드네

너는 달빛에나 찾아오고
나는 어둠에나 너를 보네

언제 저 붉은 빛 스러지고
산빛 속에 떠날까, 흐느끼듯
낮은 산여울 소리

자하문에서

우리 처음 만나던 날
산 빛에 내린 하늘빛이
바위를 감아 도는 여울물에
옅은 남빛 속
선홍빛 굴절이었네

변하지 못하고 머문 채로
우리를 붙드는 것은
넝쿨을 들어다 옮겨놓은 담장이가
가지 아래로 다시 드리워져
돌이끼 깊이 앉은 바윗길에 흐르는
푸른 안개

잃어버린 남빛 고요
언제 찾을지

잘린 목련 가지는 비에 젖고

작은 창 앞에 왕성하던 목련나무가
성급한 손에 잘려
허공에 남은, 가지 하나
그 한 해를 앓다가 홀로 아문 상처 위에
흐르는 은빛 안개가 슬프다

바람에 실려 온 물방울에 젖은 돌의 표면에서
반짝이는 물빛에 스며드는 구름 조각들이
먼 여행길에서 돌아보는, 떠나온 곳을 떠올려
아득한 꽃빛으로 스쳐 피었다가
문득 굵은 눈물로 방울진다

빈 길 모퉁이에 홀로 서서
새로 돋은 작은 가지 위에 꽃은 아득한데
기다림은 깊어져 더욱 아프고
새순을 재촉하는
3월 첫 비가 내린다

저문 해변

부연 햇살을 바라보고는
마른 모래 한 줌을
손가락 사이로 흘렸다
모래 묻은 손등에 하늘빛 지나가고

괭이갈매기 발 끝이
바다 빛을 휘저어 날아가고
꿈을 가린 바람이 꼬리 깃을 세운다

바람소리 담아 온 소라껍질이
물기슭에 밀린 해초 위에 미끄러져
아직 잃지 않은 남빛을 반짝이며
검푸른 파도를 잘라낸다.

고독을 말할 줄 모르는
모래 부스러진 빈 손등에
날선 바람이 지나간다

짧은 기별

반가움에 서로 다독이다
눈치로 변한, 길든 아침입니다

한 무리 비둘기들이
사람의 정을 잃은 까닭을 알고는
회색 콘크리트 굴뚝 모서리에 모여 앉아
서로 비비는 어깨죽지 사이로
옅은 아침놀을 가르고 있습니다

잠자는 나무들 위에
맺힌 이슬방울들을 깨우며
창날처럼 지나가는 아침햇살이
먼 시선에 차가움을 전율하며
낯선 하루를 시작합니다

처마 끝에는

눈이 조금씩 녹는다
발길 끊어진 현관 앞
마른 명아주 줄기 위에 방울지며
툭툭, 지나온 날들, 그런대로 잘 살았다고
닫힌 문턱을 적시다
하얀 백설 내리던 아득한 날 떠올라
뚝뚝, 눈물 같이도 떨어지며
설움 엮어 매달아 놓고
그렇게 하는 거라고

돌아서서는 저렇게도 녹는 거라고
삶은 그렇기도 하다고
젖어도 떠는 듯 마는 듯
흔들리는 명아주 마른 가지를 두드리며
빈 바람이 운다

침묵

돌담 추녀 끝에
조금씩 녹기 시작한 눈이
먼 산길에서 남몰래 주워다
샘가에 버려둔 돌을 적시고
처마 끝 낙숫물을
튕겨만 내고 있네

담을 넘어온 인동 덩쿨이
머리 위로 휘늘어져
그늘을 드리워도
철 그런 그늘을 외면하여,
오직 침묵할 뿐 거친 잡초 아래
돌은 그냥 묻혀 있네

마른 잡초들이
바람에 휘둘리며
돌 위를 두들기고 스스로 부서져도

먼 산의 추억에나 젖어 있는지
치고 가는 바람결을 모르고
떨어지는 눈물에 젖고만 있네

모란, 너의 모순이여!

너의 둘레에는 맞지 않은
빛 바래어 검게 그을리고
애초에 쌓은 돌들 기울어 경계 무너진 뜰에
나는 자유로운 정원사가 되어
오월의 모란을 다듬었네

나의 관조觀照에도
너의 예리한 눈 흘김에도
푸른 이끼도 안으로 스며, 검게 굳은 가지
위에
새싹은 놀라운 생명력을 발휘하며
짧은 계절 구름 맑은 하늘,
화려해서 일어나는 청순한 바람을 안고
망설이지 못하는 벅찬 뜻을 품어
나의 꿈은 부풀었네

닿지 못해도 거북하지 않은

너의 자랑과 나의 눈 속 은밀하고 먼 경치가
환해도 아주 길어 보이는 불협화의 터널 속을
겨우 보일 듯한 예각의 거리를 둔 채
눈짓 외면하며, 등 뒤에서 손짓하네

3부 봄 꽃은 꽃물에 지고

햇빛 한 줄기 유리알에 맺혀

비 그친 유리창에
사선으로 흐르다 맺힌 물방울에
햇빛 한줄기 모아져
더 나아가지 않고 그대로 머문 듯
솔숲에 흐르던 그날의 솔향기를 뿜으며
문득 추억이 빛나는 아침입니다

열린 베란다로
흰 비둘기 한 마리 날아들어
어찌 보면 갈 곳도 없는 듯
불안한 눈을 굴리면서
시선을 피하는 나를, 자꾸 따라 옵니다
인간의 정을 잃은 지 오래인데도
텅빈 공간을 채워 앉아, 저와 나의
공존의 부정이 어디쯤 잘못인가를 말하는지

눈동자에 모여진 햇빛 한줄기
파동 치며 다가온 빛의 알맹이가
더 나아가지 않고 그대로 머문 듯
추억을 분산하는 비 그친 유리창 물방울에
그날의 붉은 광채가 흐릅니다

어느 시인을 웃기고자

흘깃 보면
밉다
잠시 쉬어 봐도
미욱하다
아주 그렇다

바람결 가르는
곁눈에는
더욱 그렇고
드리운 장미만
그네를 탄다

흰 물새
날개 한쪽에
구름빛 신고
미운 줄 아는지
부들 숲을 걷는다

들고 나는 파도

꼭 집어 말하기
어려운 일들이면
들고 나는 파도를 보라
아득한 그리움이나
윤곽이 그려지는 괴로움도
꼭 집어 말하기 어려울 때는
출렁이는 파도 앞에 나서보라

어느 것도 버리지 못하는
가없는 해원海原의 포용이
거친 출렁임으로 대답해 올 때
바위에 부딪는 포말의 함성 속에
거칠게 울리는 회한의 노래가
시원始原의 큰 가슴에 스러지는
저 들고 나는 파도의 물결

비닐하우스 방문기

먼 들녘 비닐하우스
길은 보이지 않아도
별빛 아래 불빛이 환하다

어깨 죽지에 금침을 놓고
수지침으로 찾아 연 수맥이
팔꿈치와 손목 관절에 흐르는 시간
찾아온 사람의 손짓은
나른한 고요 속에 민망한데
하우스의 하루는 여명 앞에 망설이네

만남의 찻잔 치우지도 못한 첫새벽
그대의 2.5톤 트럭은 피망과 양상치를 싣고
철교 건너 나들목을 지나
아마 고속도로에 올랐을 시간인데
남아서 기도하는 형수님은
시린 손 끝이 젖은 습관으로 바쁘더라

돌아서 되묻지 못하고
배낭 가득 채워준 토마토를 짊어지고
하우스 너머 번지는 아침 햇살 마주하네
반 남은 석별의 찻잔 그대로 둔 채

포도가 익는 곳

어디에나 가는 세월
익어서 푸른빛 잦아져
짙어가는 동그라미 꿈
깊은 산록에서
자색으로 응어리져
산새들 돌아와 쉬는
이끼 검은 바위 아래에
황홀한 추락으로
은자빛 연모가 익는다

뜨거운 햇볕 아래
사랑은 아득하여
눈빛 닿아도 이루지 못하고
애달픔 풀지 못한 채
먹빛 포도가 익는다

해당화

낯선 거리에서
마주하는 공허감이
한적한 해안의 낡은 전신주 위로
오래도록 비워진 채 익숙해진
상실의 창을 채워온다

먼 곳으로 사라져
잊혀져 가는 이야기들이
청파래 수면을 스친 바람에
믿지 못할 실내음을 흘리며
발길을 붙든다

그 곡절 억울토록
말하지 못한 사랑이
출렁이는 물빛 위에 서러운데
안개에 젖은 붉은 꽃잎이
바다로 난 길에 아득하다

희미한 색채

짙푸른 산동백 이파리가
휘감아 오르는 풀숲에 가려서도
제각각 조금씩 노을에 물들 때는
아쉬움도 조금씩 희미해지는 길

다 익은 진홍의 빛이 한가지로 잃고 마는
젊은 날의 순진과 순수의 풋 내음은
이다음 어느 날 당신이 추억이라는 이름으로
그리게 될 이 텅 빈 골목, 잠시 기대 선
어두운 벽돌들의 틈새에서
푸른 이끼로 움 트게 되리

일탈이 두려운 오늘의 길목에
미완의 것에 초조해 하던 날들이
더러는 아직 푸른 바람결로 지나간다

겨울 강기슭에서

바람결에 녹은 눈이
앙상한 가지 끝에 방울져
마른 명아주 줄기에 떨어지네
지나온 날들 잊으라며
흔한 안부의 말로 두드리듯 적시네

그리움 피던 날들이
강물 위에 눈물로 떨어져도
어디에나 설움은 있는 거라고
아득한 날들 떠올리며
살얼음 부서지는 소리 들리네

하얀 물억새 마른 꽃에도
툭툭, 두드리다 떠난 목이 긴 겨울새가
되돌아와 잠시 날개 끝을 떨고 가네
설움에 젖은 자국 쓸고 가며
메마른 강기슭에 바람이 부네

낙서

쓸 데 없는 낙서가
이른 봄비에 젖고 있습니다

무슨 말인가도, 아득해진
귀담아듣지 못한 소리가
움도 트지 않은 백양나무 가지를 흔들며
추운 물가에 고여 앉은
암초록 물이끼를 따라 일렁입니다

그때 묻지 못하고
어딘가 그려둔 낙서 몇 줄이
때 일러 아직 추운 개울물에 젖어
깃을 터는 물새 소리로 흘러갑니다

멀어지는 물소리에
내가 지워지고 있습니다

봄 꽃은 꽃물에 지고

큰 물이 잦아진 강어귀
하얀 찔레 꽃 숲에
낡은 운동화 한 짝이
걸려 있었네

철 그른 비가 냇바닥을 두드리고
녹두꽃은 울타리를 파랗게 덮고

꽃 진 자목련 가지에 앉은
까만 멧새의 날개에서 반짝이는
자색 인광이
흐린 시야를 흔든다

장미원 골목 산책

한 송이 남은 듯 피어있는
철망 울타리 너머 빛 바랜 장미가
동네 미장원 앞에서, 문득
누군가의 외로움을 떠올려 고개를 젓고는
간판에 그려진 '하트' 모양에 이어진
산뜻한 그림체 '미장원' 세 글자를
우스개로 '원장미'라 읽고는

먼 데서 다가오는
환한 미소에다 '원장미'를 붙이고
뒤따라 미소 짓는 나의 입가에
실소 같이 '오리지널 장미'가 핀다
출근길 장미원 골목에는
원색의 장미들로 화안하다
바로 닿은 지하철역이 부산하다

한여름 잠시 고향엘 가니

길고양이 일가가
주민등록을 옮겨와
쑥대 풀 사이 길을 닦고
웃 마당 너머 빈집을 오가며
'군자불필다능'을 암송하고,
자기는, 돌절구 앞에서 염불을 한다고
재종再從은 설맞은 능청을 떨며
손바닥으로 입을 쓸고
막걸리 사발을 내밀었다

볼이 파란 풋감들이
해거리도 모르고 총총 열린 담 옆에는
듣기 민망한 객담에 웃음보를 터뜨리며
캄보디아 소년 둘이
개망초 머리를 풀석풀석 털다가
통근버스를 타러 가고 없고
바깥 신작로 정류장에는

하루 두 번 다니는 마지막 버스가
기다리는 크랙슨을 울리고 있었다